LES MUGUETS

PETITES SCÈNES ET DIALOGUES

POUR

PENSIONNATS DE DEMOISELLES

UNE CAUSERIE

DIALOGUE

PAR

Mme LOUISE PRIOU

PARIS

A. MAUGARS, LIBRAIRE-ÉDITEUR,

9, RUE BERTIN-POIRÉE

UNE CAUSERIE AVANT LA CLASSE

UN LUNDI MATIN

Dialogue

JULIETTE, LAURENCE, LOUISE.

JULIETTE.

Ah! voilà Louise! Comme tu viens de bonne heure aujourd'hui!

LAURENCE.

C'est sans doute pour réparer un peu son absence d'hier.

LOUISE.

Est-ce que madame est bien fâchée contre moi?

LAURENCE.

Dame elle a dit que ce n'était pas trop aimable à toi de choisir, pour aller voir ta nourrice, un jour où il y a une petite fête à la classe. Rien ne te forçait à prendre ce dimanche plutôt qu'un autre; il y en a cinquante-deux dans l'année; mais c'est juste celui-ci qui t'a convenu. Tu as bien fait. Tu t'es amusée de ton côté, et nous du nôtre. C'est égal, ce n'était pas gentil.

JULIETTE.

Nous pensions qu'au moins tu viendrais à la messe avec nous comme d'habitude; pas du tout.

LOUISE (timidement).

Je pensais y aller à Franconville...

LAURENCE.

Comment, tu pensais! tu n'y as donc pas été ?

LOUISE (embarrassée).

Si... oui... non... oui...

LAURENCE.

Ce n'est pas très-clair ce que tu nous dis là : si, oui, non, oui ; moi, je parie bien que c'est non.

LOUISE.

Si, mademoiselle, je suis allée pour y aller...

LAURENCE.

Allons, voilà que tu barbotes maintenant. Qu'est-ce que ce français-là. « Je suis allée pour y aller ? » As-tu été à la messe, oui ou non ?

LOUISE.

Oui et non.

LAURENCE.

Pas clair, pas clair ; allume donc ta lanterne.

JULIETTE.

Comme tu la tourmentes ! puisqu'elle te dit oui.

LAURENCE.

Moi j'assure que c'est non ce qu'elle veut dire.

LOUISE.

Eh bien, voilà : je suis allée à l'église...

LAURENCE.

Bon ! mais la messe était finie ?

LOUISE.

Pas tout à fait, mais...

LAURENCE.

Il y avait encore l'*Ite missa est* à dire.

LOUISE.

Un peu plus, mais pas beaucoup.

LAURENCE.

Eh bien nous, nous l'avons eue tout en-
tière, si bien que rien n'a troublé notre joie
après.

JULIETTE.

Mais comment se fait-il donc que tu te sois
trouvée si fort en retard?

LOUISE.

Ne m'en parle pas ; ça été un vrai guignon en
tout. Ma petite sœur ne faisait que crier, si bien
que maman s'occupait d'elle, et moi j'attendais.

LAURENCE.

Puis, c'est qu'il fallait faire une toilette soignée pour éblouir tous ces bons paysans. Le coiffeur est venu sans doute tresser et boucler tes cheveux; il me semble qu'il t'en reste quelque chose aujourd'hui : regarde donc, Juliette, ces belles mèches. Ah! tu devais être bien; c'est fâcheux qu'avant de partir tu ne sois pas venue nous rendre une petite visite au moins.

JULIETTE.

Moqueuse!

LOUISE.

Je vous assure que je n'avais rien d'extraordinaire; d'abord, c'était maman qui m'avait habillée et coiffée.

LAURENCE.

Et de quelle manière t'es-tu transportée, ou t'a-t-on transportée à Franconville?

LOUISE.

La manière aurait pu être agréable, s'il n'était pas arrivé en route un accident à notre cheval. Nous étions dans le gentil char à banc du père Desbrosses. Tu sais que c'était Augustine Paillet qui avait prié maman de me laisser aller hier, avec elle et ses parents, parce qu'ils devaient passer la journée chez une tante qui demeure dans le même pays que ma nourrice, et tout près de chez elle.

JULIETTE.

Augustine Paillet n'était pas fâchée d'avoir une société de son âge. Enfin ta maman a consenti.

LOUISE.

Maman n'était qu'à moitié contente, d'abord parce qu'elle n'aime pas que je sorte sans elle; puis elle avait comme un pressentiment que ça n'irait pas tout droit. Elle se préoccupait de l'heure à laquelle nous pourrions arriver, et me recommandait sans cesse d'aller tout de suite à l'Église.

JULIETTE.

Je crois que ton papa est dans le bureau de M. Paillet?

LOUISE.

Oui, et ce monsieur est très-bienveillant pour papa; c'était difficile de refuser, d'autant plus que la proposition était faite de bien bonne grâce.

JULIETTE.

Voilà qui t'excuse un peu de nous avoir laissées là pour aller chercher du plaisir ailleurs.

LAURENCE.

Cela ne l'excuse pas du tout; M. et Mme Paillet auraient parfaitement compris la raison qu'elle avait à leur donner pour refuser. Enfin elle y est allée, et heureusement je vois qu'elle en est revenue. Mais je lui en garde une petite rancune. — Voyons, raconte-nous ton voyage, ta partie de campagne ; çà doit être intéressant.

LOUISE.

Oh ! pas trop ! Après bien des petites taquineries d'une chose et d'une autre, nous montons dans la voiture. Encore bien des recommandations de maman, encore bien des promesses de notre part, et nous partons enfin. Nous allons d'abord gentiment, notre cheval trottait à faire plaisir, quand, vers le milieu du chemin, il prend je ne sais pas quoi à la pauvre bête, et le voilà qui se met à boiter, à boiter, puis à ne plus vouloir avancer du tout. Nous étions bien. Le père Desbrosses descend de voiture, court, s'informe, et finit par trouver un vétérinaire, qui lui dit qu'il ne faut pas forcer son cheval à marcher, qu'il a je ne me rappelle plus quoi. Enfin le pauvre homme lui laisse son cheval, et, non sans peine, en trouve un autre, qu'il attelle à la voiture.

LAURENCE.

Je suppose que, pendant ce temps-là, tu te faisais un peu de bon sang.

JULIETTE.

Il y avait de quoi !

LOUISE.

La recommandation de maman me revenait sans cesse, et je me disais : « Nous n'arriverons pas, ce n'est pas possible. » Je cherchais à me consoler en pensant qu'on pourrait presser un peu le nouveau cheval afin de rattraper le temps perdu. Ah ! bien oui ! l'animal ne s'émouvait de rien. Notre pauvre conducteur avait beau frapper, crier, lâcher même par-ci, par-là, quelques mots un peu énergiques, le cheval n'allongeait pas son pas d'un millimètre. Je ne tenais plus sur ma banquette ; j'aurais voulu pouvoir sauter de ma voiture, et me mettre à courir ; mais à quoi cela m'aurait-il avancée, j'aurais été bientôt lasse et voilà tout.

LAURENCE.

Décidément, ma pauvre Louise, tu aurais mieux fait de rester avec nous ; notre journée s'est passée sans la moindre contrariété, si ce n'est celle que nous causait ton absence. De temps en temps nous disions : « Si Louise était ici, comme elle s'amuserait ! » et j'ajoutais : Je suis sûre qu'elle n'a pas autant de plaisir, que nous : et puis je le désirais, et puis je t'en voulais.

LOUISE.

Bonne Laurence !

LAURENCE

Non, je ne suis pas bonne, mais c'est l'habitude de te voir dans tous nos divertissements, qui faisait que tu me manquais ; voilà tout.

JULIETTE.

Si, tu es bonne, et je sais bien que tu avais de la peine que Louise ne fût pas là, surtout quand tu as vu arriver le physicien.

LAURENCE.

Ah ! à ce moment là, c'est vrai que je t'en ai dit de belles : vilaine Louise ! elle avait bien besoin de s'en aller à Franconville aujourd'hui ! et je ne sais pas quoi encore. J'aurais voulu pouvoir aller te chercher.

JULIETTE.

Tu vois bien que si, tu es bonne.

LOUISE

Comment, vous avez eu un physicien ?

JULIETTE.

Oui, ma chère, un physicien qui nous a fait des tours superbes. Nous n'en pouvions plus de rire.

LOUISE (piteusement).

C'est le complément de tout mon plaisir d'hier. Vous me conterez tout cela, n'est-ce pas !

LAURENCE.

Ce n'est rien de raconter, il fallait le voir, il fallait l'entendre. Ah ! la jolie surprise que madame nous a faite là !

JULIETTE.

Tu tâcheras une autre fois de mieux choisir ton jour pour faire tes excursions.
Le malheur, c'est que nous ne reverrons pas ce monsieur avant la sainte Catherine, et il y a loin d'ici là.

LOUISE.

Tant pis pour moi ! mais pendant que vous preniez ici une charmante récréation, moi, je leur donnais là-bas la comédie.

LAURENCE ET JULIETTE.

Comment la comédie ?

LOUISE.

Ah ! quelle journée ! c'est à vous faire perdre pour longtemps l'envie des parties de campagne.

LAURENCE.

Pourtant nous en avons fait de bien agréables, si tu t'en souviens, hein ; te rappelles-tu la mère Maillard, sur la route, un peu avant d'arriver à Rambouillet. — Bonjour, mère Maillard, nous mourons de faim. — Ces chères petites, je n'ai que les pommes de terre que je fais cuire pour mes porcs. — Donnez tout de même, mère Maillard. — C'est vrai que, pour les faire couler, il y avait une tasse de son bon lait.

LOUISE.

Ah ! c'était du plaisir, ça ; rien ne clochait, ce n'était pas dimanche ; il n'y avait pas eu à se préoccuper de la messe, pas à se tourmenter pour un mauvais cheval. Pauvre mère Maillard ! avons-nous ri ce jour-là, hein ! quand elle nous racontait ce qu'elle avait vu aux fêtes publiques de Paris. Elle avait assisté à la représentation d'un assaut dans un théâtre en plein vent, elle disait qu'elle avait vu un tas de galobis qui se donnaient des coups de sabre en manière d'opéra.

JULIETTE.

Qu'est-ce qu'elle appelait des galobis ?

LOUISE.

Je crois que c'était un mot de sa composition, je ne l'ai jamais entendu dire qu'à elle ; et je t'avoue que je ne lui en ai pas demandé l'étymologie.

LAURENCE.

Avec tout cela, nous ne sommes pas arrivées à Franconville.

LOUISE.

Nous y voilà. Je ne vous parle plus de la

chose principale, vous savez ce qu'il en est.
En sortant de l'église, je cours chez ma
nourrice ; elle n'était pas encore rentrée :
elle s'était arrêtée à causer avec quelque
voisine.

LAURENCE.

C'est si bon de causer un peu !

LOUISE.

Oh ! je ne lui en veux pas. Dès qu'elle
m'aperçoit : « Bonjour, tiote. Oh ! ma fille,
« que vous arrivez mal aujourd'hui ; Made-
« leine est allée chez son grand-père à deux
« lieues d'ici ; elle est partie hier et elle ne re-
« viendra que demain. La chère enfant sera-
« t-elle fâchée de ne pas vous voir ! » — Nouveau désappointement !

JULIETTE.

C'est singulier comme il y a des jours où
tout semble disposé exprès pour nous contra-
rier.

LAURENCE.

C'est vrai ; mais que de fois aussi c'est
notre faute ; c'est-à-dire qu'au commence-
ment de toutes ces contrariétés, si nous

voulons être justes, nous reconnaitrons que nous avons manqué en quelque chose à un devoir plus ou moins sérieux; notre chère Louise ne peut pas le nier pour sa journée d'hier.

LOUISE.

Ah ! c'est trop vrai.

JULIETTE.

Eh bien, comment as-tu passé le temps, n'ayant pas ta sœur de lait avec toi?

LOUISE.

Augustine est venue me rejoindre; et ma nourrice a prié une petite voisine de nous accompagner avec son frère pour nous faire faire une promenade à âne ; elle sait que j'y ai toujours eu un grand plaisir. Augustine était enchantée, mais moi, rien ne me disait ; je sentais que ça n'irait pas bien pour moi. Je remerciai cependant la bonne Jeannette du mieux que je pus ; elle fit mettre le plus bel harnachement à son âne, et nous voilà parties.

LAURENCE.

Il pouvait pourtant y avoir du plaisir là.

Oh ! les promenades à âne, c'est mon délice.

JULIETTE.

Qu'est-ce qui ne les aime pas !

LAURENCE.

Oui, mais il ne faut rien avoir qui nous chiffonne en dedans ; car il est bien vrai que la joie tient encore plus à notre disposition, qu'aux choses qui semblent pouvoir nous la donner.

LOUISE.

Ce qui est vrai, c'est que je n'en avais guère. Que de fois je regrettai de n'être pas restée avec vous, même sans penser à tout le plaisir que vous aviez.

LAURENCE.

Tu n'as pas plus regretté de n'être pas avec nous, que je n'ai regretté moi-même de ne pas t'y voir. Mais voyons, conte-nous ta promenáde.

LOUISE.

Je fis monter Augustine la première, et la laissai jouir de l'âne tant qu'elle voulut ; je ne pensais pas le moins du monde à le lui réclamer. C'est la petite paysanne qui nous accompagnait qui se mit à dire à Augustine : « Est-ce que l'autre demoiselle ne veut pas monter ? » Augustine s'aperçut alors qu'en effet elle avait eu sa bonne part d'âne, et m'engagea à prendre sa place. J'y consentis, mais sans empressement, et quand je fus dessus, je laissai la bête aller à sa guise. Les autres se mirent à cueillir des fleurs et des mûres des bois. Je cheminais bien tranquillement, quand il prend à mon âne une envie de se rouler sur l'herbe. Ce n'aurait peut-être été rien, s'il n'avait fait que me jeter à terre ; mais, comme par suite de la mauvaise chance qui me poursuivait, il se trouvait justement là une petite mare, dans laquelle je roulai.

JULIETTE et LAURENCE.

Pauvre Louise !

LAURENCE.

C'est dommage qu'on ne puisse pas rire de semblable accident ; mais, vraiment, tu devais être drôle én sortant de là.

LOUISE.

Plus que drôle, assurément ! Le dessus et

le dessous, tout en avait. Mon chapeau dut rester où il était tombé, pas moyen de penser à le remettre. Il fallut me hâter le plus possible de rentrer à la ferme. Je remontai sur l'âne, que la petite fille et son frère conduisirent par la bride, et, avec la plus piteuse mine, j'arrivai près de Jeannette, après avoir essuyé les quolibets des enfants du village que nous rencontrions sur la route, et qui criaient : « Tiens, la Parisienne qui est venue prendre un bain dans notre mare ! il n'y a donc pas d'eau à Paris ? — Ah ben ! faut pas qu'elle fasse la fière, la voilà bien pommadée !..... Dis donc, Berthe, t'auras soin de débarbouiller ton âne, quand elle descendra de dessus. »

JULIETTE.

Tu étais au supplice.

LOUISE.

Ah ! que le chemin m'a paru long ! je croyais que nous n'arriverions jamais. Enfin, nous entrons dans la cour ; Jeanne nous entend et arrive aussitôt. « Jésus, mon Dieu ! ousque la chère petite est allée se vautrer, que la v'là dans c't état ? » On lui conte l'affaire. La pauvre femme poussait des hélas ! sans fin, et invoquait tous les saints du paradis en me retirant mes vêtements. Mais ce n'était pas tout de me déshabiller, il fallait me r'habiller, et justement Madeleine avait emporté les seules choses qui eussent pu m'aller à peu près. La pauvre Jeannette, toujours en poussant des lamentations, m'a-tiffa comme elle put avec ses propres hardes. Dire comme tout cela m'allait, ou plutôt ne m'allait pas, ce n'est pas possible. J'étais couverte, c'était le principal, mais dans quel équipage !

JULIETTE.

Ah ! tu as été trop punie.

LAURENCE

Bah ! puisqu'elle ne s'est fait mal nulle part, il me semble qu'il y a plutôt à en rire, surtout à présent qu'elle est nettoyée et qu'elle a repris ses vêtements. Mais le retour comment s'est-il fait ?

LOUISE.

Ah ! le retour ! je vous demande si j'étais honteuse dans une pareille toilette, si mal ajustée à ma taille. La pauvre Jeannette, au désespoir, emprunta un châle à sa grand' mère dans lequel elle m'enveloppa, pour cacher le mieux possible la défectuosité de mes ajustements ; Berthe me prêta un petit bonnet. Nous prîmes le chemin de fer, et j'arrivai à dix heures et demie à la maison. En entrant je me jetai dans les bras de maman, et lui contai toutes mes mésaventures. Cette bonne mère se fit mille reproches de m'avoir laissée sortir sans elle, et, après m'avoir embrassée, elle m'engagea à prendre du repos, ce que je fis de grand cœur.

LAURENCE.

C'est égal, maintenant que te voilà remise dans ton état naturel je regrette de ne t'avoir pas vue avec le casaquin de ta nourrice, le châle de ta grand'mère et le petit calot de la voisine. Pauvre Louise ! Mais tiens, çà te fait un sujet de style tout trouvé ; Madame va bien sûr te donner ta journée à nous raconter ; tu es capable de gagner six bons points avec.

JULIETTE.

Comme tu trouves cela, toi.

LAURENCE.

Moi je dis que dans les désagréments qui nous arrivent, il y a toujours un moyen de faire quelque profit par la leçon qu'ils nous donnent. Et maintenant, oublie ton ennui pour ne penser qu'à tes bonnes résolutions. j'aperçois Madame qui entre dans la classe ; viens la saluer avec nous. Seulement tu me permettras, à la récréation de midi, de raconter à ces demoiselles l'histoire de ta journée d'hier.

LOUISE.

Tu feras ce que tu voudras.

JULIETTE.

Bon ! elle ne va pas manquer de les faire rire, tout en leur prouvant qu'à quelque chose malheur est bon.

LOUISE PRIOU.

Versailles. — Typ. Cerf et Fils, 59, rue Duplessis.

9 782019 626631